ひかりのような

柳川碧斗

七月堂

始点

なにもない空白から
纏わりついた交差の
ゆるやかな始点が振り払われ
その所在地を見失ってただひとかげが
鮮やかな新緑の空隙に
ひらかれた街道の表面を摩耗し
やがて刻限はふとい中央線をはらう
さめざめしいほどにあかるい風
対象をしらされず吐かれた息の
閑念があたりを漠漠とする

寸前までながれていた往還が
しないだ等高線の間隔を保ち
凪いだ海からコンパスをもって
あなたはここまで来ることができたが

目次

始点　2
行方のために　10
間隙　16
刹那　18
空洞　22
Cliché　24
ひかりのような　30
褒貶　32
確かさについて　36

曙光　40
季　42
たぶんエデンが　46
周縁　48
沈黙／肌　56
生出へ／巡る　60
親密さ／巡る　64
Eureka　70
色彩都市　74

ひかりのような

行方のために

いつしか、風で、髪がはためいたように
いまにも、痛みがともにあるように
痛みを抱きしめられるように
髪がはためくための空間、があったけれど、そうして誰かが遮るように、別れが
異土からもたらされるように
悲しみから街を
埋める、その句碑、そこにさす、支点、それは直情、先端から奔放に、溢れる、そう、ここ、世
界、のすべてをまぶすので
膨張する傷みをわたしたちが脇に抱え、そうして
皮膚に触れようとするときの

皮膚を試してみるときの
世界を試してみるときの
そのざわめき、いやさざめき、愛しさ、空が裂かれ、地面がよろめく、輪郭を失う、わたしのなかの震えが、空気を揺らす、わたしのなかの震えがやがて包み込むわたしを震わせるとき体のどこかからしばらくすると何かが噴き出すのを感じる、それを再びかさぶたにして

（刻印）

そうして
覆われ、
人が行き交う都市の中で大きく響いていたはずの音楽が
前触れもなく止み
とりとめもなく魔法がとけてゆく
その音を聞いていたかもしれない人の姿が
あの音楽が鳴っていたはずの

透明な空気の中でわたしには見えない
探そう！
淡く、透明度を上げて、
地平のなかでぐっと深くつつかれてみる

イヤホンのなか地名を消してわたしが歩く平たいユートピア

見える、何かが、そう、ユートピア、わたしの、
そこに、手触り、はないわたしはひとりで音楽を聴く耳を澄まして彼方の残滓を探し出そうそこにあるまだ綴じられぬリリック書物になる前の言葉たちが息を吐きわたしの蝸牛に刺さる、いま、その行方のために、世界が、わたしたちの手元に帰ってくるために

（刻印）

ことばの、輪郭は溶けないでいて、不在の心配はしなくていい、季節が巡り、道路の舗装はまた

重ね着をして、そうしてとりとめのなかった姿が、ひかりのなかに靄で作られた誰かの像がやが
てしっかりと首を垂れていくように、幽かにどこかに頷いた

＊

午前四時　アイロンの熱が冷め分子が大人しくなるように
朝焼け　伸びていく塔　の影を眺める　霞立ち、靴底は透明になり静かに消える
敬虔な足音、残余を走る心音を　背にして　雨粒でまぶした　遠い抒情が掠めるときの
凍える氷の滑らかな導きが引き込むべきところ、あの空地、地面の波間を巡る、
いま、確かな未来、を抱きつつ　やがて沈みゆく観想を　記録することばの
戻ることのない在処を探して　ひたすら横切る日々の足取りを
逃さないでいて

（刻印）

息の
詰まるような場所に
目くばせして
そう
そこに風を見つけるように)

漏れていく、街そのものが、
溶けだした過去が不揃いに滴り階段を降りていく、部屋から出る、ぽつねんと佇む、光源、共振
する、こちら、行き先を照らすように、
遠くの人、だから、わたしたちの声を連れていき、一緒に過ごそう、と、手を繫ぐ、
身体が震える前に、世界が侵される前に　過去をそうして思い出し、世界は、
風でそれを純朴にする、シェルターが透き通る、市場が栄える
台所の蛇口から抜け出て　やがて体内を洗い　また街に還っていくように
終わりなき音楽／会話がそこにそよぎ　永遠に顔を洗うさま
そうして満ちた歓びが照らす　雨が

どこからか降りそそぎ
夜が生まれるときに光る砂を口に和ませ　ひかりのような道を敷く
だから
星座が崩れないでいる
あなたの確かな頷きとともに
親密な優しさが　巡るべき場所を見つけたとき
日常の間隙　そこで遥か仰ぎ見れば
世界は
そこから
かならず
むかってくる

間隙

無限の色彩の喬木たちの幽かな木洩れ日を
見つめようそっと手を伸ばして届く離隔の
部屋の窓から覗くは新宿行きの急行電車で
座席にある白紙に描かれた滲んだ孤児の上
機嫌の哀惜だけがとろけるような背中の湿
疹を救い出す麻痺せぬのは沈黙に耐えられ
ないはずの童子の摂理だけだと人々は云う

電信柱から顔のない眼を差し出すその光景
が陽炎により何時かの記憶を呼び戻すのは

第六感である彼は幼少期の母乳の味を舌で
はなく木洩れ日のように揺らぎ降りた風船
の炸裂するさまにそれを感じたそうである

刹那

このなかで
時代は
どこかを歩き
冷えた透明がまた立ち上り用法はどこかにかくれる
たしかに実在は
すわる飛沫を見透かして真ん中の身体が滑空するふところの
やぶさかでない
安眠の艶やか）
ちょっと根づきのないものを
なめとる

よぎる眼底をくり貫いて
レゾンデートルの対流／
かりそめの書物は乾き
それを徹底的に梳こうとするコミュニケーションと
あなたの抽象を予感し
足がすくわれる場所が増殖し、黒ずんでまみれる、
観念する（
この網膜の粘稠を摩る
これ以上また戻りやしないこと）
そんなコラージュを
意味は醜く揺らされ
俄か、その続き
そんな寓話のその先へ
変えよう
ただ憧れが

いつかしみついた清らかと
この破られた消失に
託されたとしても
それは贋作ではない
悠か——

空洞

いつか目を覚まし瞳には虚空があり衣が剥がれぽつねんと悲歎のみがひろがる朝靄を手繰る肢体と辺りに留まる地面とコンクリートだけが関係を持ち同心円状に影響を及ぼすときの音が揺らした空気を棉に取り込んだことばはふわりふくよかに自由になりやがて総身の肌は圧迫されたすぼんで両手に散らばるなにかを凝視するだけのことばなどが詩に呼ばれてふたたび意味をむすぶと信じる野鳥のさえずりを都会にたたずむひとりの身体はかろや

かに裏切りそこにある空洞を抱えしぼみゆく
接触感覚にわたしの所在地を失うその一瞬を

Cliché

水は際限なく漏れ出していた
吹き抜けからそれが規則的なようにみえる
指の腹は雑じり気を捉まえず
腱を伝い甲をなじり
ひとまず網目のように飛び散る）イマージュ
がすでにすべての禁忌を覆う）きらびやかなこと
やがてあっけなくひらくその奔放の
磨かれぬままの淵の移り香がどうか
降りしきるまでの花香のとどまりの
懐かしい未来のうるわしい冬の仮構

としてのまばらな）　雪ひだの剝離や
あるいはその逆流のふもとで足がすくみ
そこで　どうしたら手元に
この波を収めることができるのだろうか
とたたずんでいるような）　ことが
いったい　山には　あっただろうか
おずおずと願い／とどまり
はっきり　切り落とされようとしていた
ひとしきりの流麗のように
喘ぐ雪山のなかの
錆びついたリフトの岬が
青い記憶に磨かれるように
路地に水が流されるように
山襞はひらく
そのあたりの遠心を）　共同体として

一尋のなかに収めるための軌道のことだから
山はもぐる／くだる／片隅に積もる
あなたの足跡はひっそりと籠っている
凡庸なことだが　時を告げている
それは
いまはとりわけ気になることらしい
そこから少しずつ近海までおそわれるその孕まれにつられ
決して陥没することはないとりわけ大切なこと）あの白昼夢の
膨らみはやがて境を超えて
その断層を埋めてみせて――
埋めるということの辛苦を、たとえば遠く荒い産毛の刺さる）その畔にどうしてか呼び戻されてみると、聞こえてきた、不意に張られた褪めたひかりを沿わせる曙の血管は、ふんぎりをつけて崩れてくると、そればかりに羽搏いて足場を洩らす、窮屈なおなかをたたいて、さて先天性は待ち望まれているが、あるいはそこに薄い膜としての聡明さをのぞき込み、（ふんわり透ける前の話）、ときどきしめやかにはじけるように、ぜんぜんそんなの嫌味だと思わなくて、ふらーりそ

こまで遊びに行く、
愛深き、というう言でもいいのだが）
――どうしてそんなものを待ち望んでしまったのだろう
ふたたびのその悲哀やら絶望やら
だがあのときそこから逃げるように手を遥かに滑稽に溜めて
ぼんやりと発された言葉は／引き裂かれる裏の海）のことだった
だから戻らないこと／滲むまでの鳴り／これでいい）氾濫する！
どうしても走ってみる／そんな単純なこと――
（裂け目はしわがれるままに閉じていった）らしいが、ただ吐息ごとに還ってくるその口腔の奥
間）のふくらみのまた引き寄せの　清らかな慣性力をあなたが教えてくれたことは）扉の陰でじ
っと佇んでいれば　いよいよ熱をもって足が渇いていく、水が漏れ出していた方角に絡んだ永遠
がすなわち許されていることでもある、やっと、あなたの頬の思い出の、その後ろ姿を乗せた望
楼に目ざとくなって、あたりは夜の指端となり引き受けている、
ほら、分別はいつまでもこびりついて、かさついていくだろう
どうしても剥製を目論んでいくこの泣き声の

願いが移動するときまでの）あの
素知らぬ冬の
水をふくんだ
あたたかな風

ひかりのような

共振する足たちがつくる感度、ほどける足音がつくる影、きれいなようふくが反射してできる光源、6月だけがその在処を認めるつゆのきせつのあまつゆがひかり露わに呼吸する渋谷円山町のライヴハウスまえにできた人だかり、みじめに思えた、坂をおりるとはじめにみたじめっけがすっかり消えていた、ああ、なぜだろうとあきかんが考える、閉店した家系らーめん屋の落書きだけが雄弁である、口を覆うようになった秘密がおおくなったおおきくなったのみやのキャッチもそうそうに退散するらしい、そうそうこんなふうに世の中がなるとおもわなかったよともともとかくされていたつかれたのどぼとけからこわだかにこわいこえ、それはいままでもきいたことがあった欲望と資本主義てきなそんざい／愛の欠落したそんざいであって、それをぞんざいにあつかうためによるのまちにすむわかいおんなのことおとこのこたちはそんざいする、いまこれから円山町のさかをのぼる季節よれよれの袖なしシャツは空気をふくみ、思えばもう夏がきている、すたれる街はゆううつで伸縮性がなくいやけがさす露光した性をこちらに向けて深夜ここだけが鮮やかな文様に浮かび上がりあなたはきらめく美しささえひこうきぐものように刹那であり黒壁のクモと向きあう気配がわたしとあなたの等価性をあらわすあなたの純性をうつすこのくちびると共振する足たちがつくる感度、ほどける足音がつくる影、きれいなようふくが反射してできる光源、ひかりたちがとなりにすわるひとのおなかのなかで固形をつむぐような気がして、さすった、そのいたみを見知らぬスーツ姿の名もなき男に伝えようと努力する試みを子育てとかおとなはいってるのかもしれないそんなきはしないでもない、その洞を落下する点描で埋め尽くしその洞を落下させる男性的な試行中性的な思考男性的な嗜好、それが当てもない心身で行われる怖さの現在形にころされつづけるのがひとびとなるそんざい、そのいたみの人知れぬ膨張に味気ない迷路の整列する気配が呼ばれ純を感じるだとか、それがつぶさに円みをかたどって有機的な髪の毛の味わいと脈の味わいと欲情の味わいだとか美の味わいが至高へと上昇してしまうまえに肉をにんげんにかたどるゼラチンの役割を果たすだとか、それが誰の志向でもなくいつの間にか施行される公共事業のようだとかあくまでそれがかはんしんだけの私行として扱われてしまうだとか、それがいまいましくうるわしくスピーカーにながされるアイドルの曲の残滓こそ街にみつけだすとあなたは星屑の如くきらめいているだとか、

褒貶

そうして
晩夏の
明け方
ベッドの皺をかぞえる
ための栞――のような――皺が
あなたの体躯――にからみつくさま――がわたしの虚像を捻り巻き上げるようす
きゅるきゅる絞扼されるどこかの穴から（からだの）写生が
ふとひとかげの残滓のようにあらわれ
わたしの韻律をふみつければ
あなたはそれを受け取り肥しとするだろう

＊

だれかの褒貶（
というまずしさ）がもたらす
さみしさ
が
ひらくわたしの生方こそ
ひらくわたしの体躯の穴のなかにすなわち臓器移植されたぼっかり空いた空洞にきれいに
掃除されたあとがある死んだからだなのにそれは流血してないのだしてはいけないのだだ
ってそれはきれいなものだから／でもその管腔だとかにあなたの顕微鏡観察の目線とちょ
っとしたメスがはいって
わたしの腫瘍から
あなたへの観想がおどろくさまは／怪しげな
（くち惜し気な）

脈動が萎れ
脈がくすみ水疱が顕れ
棘となるので
それはやはり
あなたの情操に
からみつくので
あなたとの
往還が
いつか消え去るその
中空で
それは
遠心の
重しとなる

確かさについて

小さな部屋の窓からみえる景色の瞳は無人称で
ここにある静寂は真夜の黒、ふやけた……
、あっ。
また来たのね
とうなじの毛を誘うのは
、ふあっ。
カーテンの策動を白、待って……
理不尽でもなく　抜け殻
不在でもなく　残された軌跡
前脚、頼りに、察し、見上げる、もやを吸い込むくすみ、むくむ頬……

ある朝の愛　幾何学模様、刻まれ、飲まれ欠伸する　螺旋状にくるめる階段　手すりを破るよう
な文体で　わたし　堕ちる　思い込み　でも　輪郭の　あしらう誠実さは　向こうまで何かを貼
り繋ぎ、ぽっ、継ぐ、白壁　縁取る泡のように　影を深める　誰かの仕業　というわけもなく
ね　うなづき　相槌　途中で思って　零という言葉を　うながし
それはとてつもなく大きな
棄てられない　意味以上に触れ、体毛、なだめる肌、そこより遠く、引き寄せる、この操、
無季の日取り、断片に　こぼれ　戯れる　影、包むこちらの性は艶やかに光り、もしも
あたり一面の重なりあった瞬間　取り持つさまを、見つめ、色盲から遠く離れて、
さすらい、理性、柚子の髄液が滑る樹木のような発光する、水面、そこで、
いつしか、今、引き合いを知り
点描、ささやかな唱歌をくゆらす、その歌詞の深甚の無為、血が通う、
その運動は　文字化けを明かし　綾なす結節点、そう、今日
と　分からずとも　笑い　確かめ　経穴を知る
捕らえた風を、音はそぞろで、押し寄せる波を吐き出し、胃液が足元に張る　ゆるやかに　外側
へ　重力　或いは　張力　ふくらみ　破裂する　足元の搦め手、空集合、

広がり　辺りに　水がたまり肢を預ける　その染み込みの
硬さに築かれ　手をつなぎ　こちら　そう……
そこで触れた手のひらの酸度に　はじめて　人称を認め
隠される関節のしこりが染まり　蟻が収まるわずかな穴は、閉じ、
息が向こうからやってくるその明瞭さ、もたげ、気づき、鼻背をかすみ、
わたしの顔は　そのあたりに映される

曙光

それは深雪によりさ迷うよ
うな状差しが産室を定めと
りとめのない胚胎が重なり
嗚呼水源の幻のようではな
いかと産褥を繕う助産師は
姿見に振り向く借景が空閑
で見付ける面影はきっと褪
めないあなたに朝明けの光

季

山のなかで　震える風があるように
訪れる秋のまた訪れのしぐさ
始点と終点はなく
ただ　たどるように滞留する気配のほうへ
紅葉道の先の看板の軽い小屋にある
いつの間にか俯き加減の樹木）の影
結ばれてひとつであったはずの結節点）の遠景（ぼやけてみえた）
あれ　それだから　振り返ってみても　いつもあわなかった
それが　あらかじめ　あっていなかった（ほんとうに）
（試してみて）

いろんな洞が細長く灰色にあらわれた道を
その平坦に沿うように流れるように走っていたあの川の
光芒をゆっくり覆うため（この先は）
丸みを帯びた橋が対岸まで架かる
あなたの咳は無音のうちにさらわれて（真空）
一枚も落ちることはない葉
かぐわしく放たれるその契機は
生きながらえているかのように（あなたがいる）
由来はいつしか書き換えられているかのように
いつまでも　息も　こちらを指さしてくる
（耳を　すまそう）
はじめての（そのままで）
おぼろげな（追伸する）
えいえんの（ふたたびの）
たかなるよ

ふくよかな　周期）捧げられるための（いつからか）
まっさらに滑り（虚妄だったかもしれないけど）
次の秋が　また近づくなかで
描かれないことなんてない葉
あるいは空域という確かさの
どこまでも仄あかるい渇き
を飲もうとする（祈ることは）
そうして　慰めのない達成に至るとすれば
透き通っているとしか言えないはずの
視界という表象が
季を絡めとるその残像で
空域がはらんだ　熱が沿っていくための土地
もうすぐ　ひそやかな素描は
色をもつようである

※版画「高雄紅楓」（徳力富吉郎作品）に着想を得た箇所があります。

たぶんエデンが

扉はない漆喰に塗られた壁が守り煙突からの光は森から浸す体液のようにこそばゆくわたしの皮膜に住まい螺旋を成し巻貝を携える砂浜からの海風に晒され音がつばまれ薄くふやけた木製の窓枠の軋んでできた蟻の住処から抜けるその音はだだっ広い一間にぽつねんと転がり額だけをこちらに向けたあなたの体内に這入っていくようで肺の収縮のりずむが犯されざぶん、しぶきをあげるのをかんじるのは握る人差し指の脈が跳ぶのを窓枠にこすれたわたしの肘を海鳥がつつくりずむからおしはかる雨粒のりずむからおしはかるそれは今夜だけの寵みだろう気づいたわたしのおろかさをかえりみる泣きじゃくる鼻血がとまらない海岸線を見失う風呂に溺れるそんな乱れた夜がうつした星座は時間はいつものように直線の気配がするのをわたしに知らす唄がどこかからこまくを揺らすのがわかる風を感じる打ち付けるまゆげがいっぽん抜けた壁は倒れた地面になったあなたの額がようやくはっきりみえる瞼がひらくわたしはのぞきこむあなたの瞳がうつす煙突からのけむりほこりひかりのいづるところわたしの網膜にふりそそぐ異物となってのうみそを振らすいつかのきおくがもどると雨がふりはじめ吐息はあなたにとどかない路がない泡になるわたしは悔悟するもだえるけれどあなたの霊が踊る場所に気づきからだのにおいがする一緒に食べた甘いお菓子の裏面のいびつさを知る暗闇で抱きしめる面影を愛撫するここだけがつまり海底のエデンだけが光源の心拍を取りとめる光源のまぶしさはあなたのような、

二〇二一年夏至　渋谷文化村オーチャードホール
青葉市子のコンサートを聴いて

周縁

たとえば
あらゆる文字列が迷霧に彷徨い
それを投射する壁を失った静寂がめくられる
ざわめきの過程は消失し、胞子が拡散される、
鋭利に凸をけずりふしだらに凹をうめていく
世界がどこまでも周縁であること）
汚された馨のなかの、
いくども名を消された故郷、
消滅することもなく
またなにも変わらないということ、

膨張する予感は覆い続けられる
収斂される場所を失った欠片、
へりを摩耗し続ける夜、
わたしは反射を掴むことを試みる
もう一度　知らしめられた周縁を
あてどころない吐息のなか、
ふりしきる生を取り込みつづける輪郭の鼓動、
あるいは余剰が拡散するなかで
自由に踊る、解放される、
石橋英子の音楽のような
限られた別離の感触）
軽やかになぞってみる

＊

周縁
という影裏の感触
不安をもだえつつ
その方向へ)
後ずさることをためらっていた誰かが
吹きだまったほこりのなかに
痣をとりとめつつ
さらわれていく、
その面域はさらさら滑り落ち概念を失って
ただ目の前の罠をよける、
冥途の舗装みたいに
そこにすわりこんでいる影裏)
の沈み込むまま、
生きている、

（孕まれつづける匂いああ鼻腔を誘うのは）
（雲がどわどわあなたをとりこんでいくのは）
「欲望は終ぞなく訪れるもの」
「強い灯りのなかで」
「雨で濡れた肌えを易々脱ぎ捨てないように」
「だから　ひかりは　湿り気のなかで　泳ぐのだ」

夏の夜気がほしがるたび
いつまでも雨が降るよう
電信柱の震動は
あてどない地図のように
途絶えることなく刻まれる
住んでいる路地にある
ただ見捨てられるためだけにある寂れた公園

茫漠とした宇宙のなか
とめどなく浮かび
ほどかれたまま
軋むことのない末広がりの場所で
わざとらしくこぼされた斑模様を数えること

（未明
それを他人には話さずに
ただそこから寝床に向かうこと）

かたくなに残余のなかにくぐもっていた
遠い語尾の
（慟哭の　愛脈の）
その残像の
なだらかな輪転を発くように

どんなに小さな窪地の襞をもひらき
その針の穴のような空漠をもう一度ひらき
その真ん中をひらいていくことを試みる

とめどなく疑われつくした痕跡を呼び出すことはまだできるだろうか

あるいは放っておかれたこと、
放っておいたこと、
なにも起こらないということ、
それが誰かを救ったこと、
それに誰かが殺されたこと、

ざわめくはずの不在その在処を探して

おおきな海のような静謐のなか

新しい世界はどこからともなく訪れること
あるいは
世界がいろんなところに行ってみること
ユートピアが運び込まれようとすること

とめどなく探されつくした痕跡を呼び起こすことはまだできるだろうか

沈黙／肌

壜のなかで眩暈がしたようにぽわぽわ取り残されて
やけにひとの顔は朝に爛れて在り処もない喚きを
すり抜けるように
歩かれた時間が
堰を切って
裏返しになる、この羽音
の窓からぴゃり（ぴゃり）
小鳥の仇おとが
拡大し／
奥のほうへまたしわがれていく過程

の肌は
漂流するほころびとなり
どれもとどめ置かれなかった

道を渡り
通りすぎていく名の
前線にまだ
グラデーションは残っているだろうか
無形の彼方が遠のき
すっかり爆ぜた流跡の
違和の刻みを押し込めたあたり一面の
よるの掬いがまた
どこかにとびさって
失踪する礫の指紋を波状になぞり
(重ね合わせる)

縞の線の／
岐路はいつしか層となって
白くはずみ
みちがえるほどの家が建っていた

次の日もまたあかるいころの空の止まり木
光線が立ち竦む表面をまたぬぐい
剥がされた新緑の手に
差しのべられて微笑む
かの国の砲撃の映像を背にして
それは規則正しく鳴動している

生出へ／巡る

死んでいるように
見知らぬこれが死んでいるようだ
見えていた、ほんのりと見据えていたこと）
未来がそこにずっと伸びていくようだったこと
滲み出る／仕切る）関節
がそこで折れていくようにすれば
ひらかれていたふくらみが歩調を失い
熱はもう静けさへと傾いていく
ひとまず振り切れぬほどの感懐を冷ましつつ
あたりをぐるりと見渡せば

巡るまでの応答とそれまで孕んだ明滅が
すずやかな帰還のように
ありふれた未知とともに
ごくまれなことのような装いをもちながら
かれの解硬のようにごく穏やかに
その貌をみせてくる

それを
ことばは
ことばで
変容をひとりでに決める（
いつの間にかの腐乱）への
窓辺を失わずにそれがまた
朽ちていく前にしめやかに
葬送のあと執り行われる（

いつの間にかの生出）への
閉口がわたしたちを覆う霧
が晴れるための圧伏が苛烈
にのぼせあがりゆっくりと
溶けはじめるあたりは静ま
りかえりつつあ
ることばは
その図形の辺を可憐になぞ
りことばは
あなたの生は
ほんとう
のことばは
そうして／だから踊ってい
るようなのでいつの間にか
わたしはそれを記録写真に

おさめるとすべての時間は
純化してみてどこまでもそ
の先端の絶え間なく立ち上
がるその先端のまた消えて
ゆくその零落のなかどこに
ももたれかからないでいる
発光体が眠りにつくときは

親密さ／巡る

1

ここに管腔
だとかその間隙
だとか
中夜だろうか
いやそれより
あなたの歩は
逆上せる長距離まらそん選手がようやく／たちまち
我が家の灯火のふらふわ明滅する蝋燭の根元に寝転び

そのロウの炎心を絶とうと炎心を吸い上げようと
口腔を近づける
喉を焼いた香煙は
毛細管現象で上昇するのか
いや
あるいはあなたのもたらす求心性のせいだろうか
なにがどうあれ赤炎は強い垂直抗力を認められる
それは
（都会の摩天楼の様相を差し出すようで）
階段
のすきまから
摩天楼の息を吐くようすが見えた
その息が吐かれる屋上で
純朴に回転するプロペラがひとつ外れた
ゆらゆらこちらに切迫するりずむがわたしの臓腑に響く

不具合の仔細の事情は
これは回転体だというので
誰かの時間しかないと標榜するので
匂いさえも
腐って死んだということを教えてくれない
死亡届は役所の戸棚に差されたままだ

2

剥き出しの輪転が起こす隙間風が
わたしの腋の下をくすぐる
そのなめらかさと
親密さ）あなたばかりが
けれども外にいた誰かが（かつての知友だった人が

ぱたんと扉を開くと／しめると）隙間風の回路を乱すと）
悲鳴が上がり
吹きつけられたインクが
ふと繊維から逃げ浮び
そのしめりけがわたし
の髪の毛を濡らすと
その滴る液体／毒素／きらびやかな
が目に入る
平衡を犯す
働きを始める
突如雪が舞う
わたしは涙袋の体躯を崩しつつ
その運動をとりとめ
わたしは背骨のずれていることを思い出し
肩のしこりが

神経を刺激する手が痺れる
縫合された視界が
回転し始める
目が回る
あなたが
どこかから戻る

Eureka

そういえば
わたしの住んでいる土地は
水辺がない
ということは
癒し　あるいは　慰め）
という終焉もない
ということ
忘れられることはない
そのことを　胸にしまって
家　店　たまに林

そこから出ていくにはどうしたら良いのだろう
繁殖する渇きから
都市計画によって
淡々と拓かれた街が　ここにはある
駅から降りて　基盤目状に敷かれた街路
帰路にて　コンビニのある通り　左を向いて
電灯は薄暗く　霜が降りたようなところに足を向ける
隣駅まで　どこまでも　どこまでも　続く
しわがれた路地が　細く　何かを平たく切り刻んでいるのに気付く
どこにでもいるような
その線上の　どんよりとした鳩　鳩　を見つめる
中空から　何気なく投げかけられた視線は
そこから出ていこうとするのだけれど
そういえば
軒下から遠景　という

ありふれた距離　を失っている
取り残されている
彼女らは
（餌もないのに）
どうしてか　そこに留まろうとする
まとまりのない秋風のなか
さらに　藐視が降り積もり
そのために　整地される床がある　と思う
それに　少し安心する）
彼女らはそこで　ひんやりと血管をぬぐう
いつも通りの光景がある
だから　聖なる、を捨てて
彼女らはそこで　真っ直ぐに無い色を吐き
いまは　それしか無いけれど
やがて

その不確かな情味
あるいは
もう　あわい現代
変わり目の無い交錯
それが摂理なのだというように
秘奥の手前
ここにある
生活の中で
みんなが産まれた場所は
近代的に付けられた駅の名前は捨てられて
わたしの住んでいる土地は
「南林間都市」から「南林間」へ
美しい呼び名にひらかれていったのだという

色彩都市

1　生

掠めて憂いのトポス、
つぶやくの
わたしたちの災間、
あれ
終ぞひるがえることなき磁針を
こだまにのせて
音楽
の風景／という風景の先を兆すままに

透けた衣装がひらかれ
成熟の自由、
そのままの
かすかな痙攣の
襞に
不在
という欲望を見出していた
空が
そのままに）分岐していく
あらわな道肌の
見出された
幽

2　恵

墓場のように漏れることのない場所で
ささくれのように繊細な双眸に
ぼんやりとひらかれた交響曲の
最後の一音、みてる、きこえる、
ところどころの産毛が
しらずに、いつしか
焦点となり吸収する、かすかに
（見失われることはなく）

またはそこから方角をつくる
音楽のなかに鎮座する、そうして
交点、がこちらに向かって面をひろげる
（あなたの声を聞いて）
未来への残響、死とは対照的なもの、
ちらりちらりとおちる残滓が、身体
という空洞の周りを、ずっと積もり埋めるなかで、なぐさめに
没することのないように鳴る、閉じないでいる、褪めない襞、
囁いたリフレインは、活劇とは対照的に感覚という皮膚があるいは擦れた傷が
消えていくときもそこが沈まずに空間としてすくわれる、
あなたの匂いの底の微震が失われる度にも
何度も不足する、ふくよかな明滅の、
濡れている皮膚がこちらに恵むように、
心拍の不揃いな、表情のゆがみ、ゆがみが引いた線描、
気配が奪われるよう、そこにある意味のような不可思議な音色とは

と考えるその内幕をまくるとあらわれる風景の先
（あなたの声を聞いて）
それは
甘美な蒸発のように
豊かな心配のこと、
覆うために日が差してそれは繋ぐ時間のことであり
暮らすこと
未分化な符号を放射状にひらく繁みを
めぐる風を
残してとどまる
豊かな心配のこと、

3　影

路地から
そのままつながる
ない
はずの秘奥に迷い込んだ貌が
そっといつの間にか既知であるとされ、
あたりの匂いは湧き水のようにどこまでも降りしきり
広大なうす闇のなかで水路ははっきりとかたどられ
どうやら透過させることさえも許されない時間が続いていたという
いつしか波紋が去ろうとするとき、その始点から遠く離れた場所で

昏々と眠っていたささやかな拒絶がまた現れようとして
また打ち返そうとするまばゆい微震が虹彩に揺らいだという
ちょっと前の
いま

4　波

その波で

協和する音
案内する
どこまでも呼び合う
そのまま
なにをゆるしても良いんだろうか
果てしない真空のなか
目を見ひらくことに戸惑いはない）
音、ふくよかな音、あふれるばかりの音、どちらにしても破裂している、目の前で断片としてあしもとにひらたく横たわるそれ、あらかじめ定められたその塑性を前にして、そのいとわしい散乱が作り出す呼気の先、
怪しげな生成と地続きに漂い
ひかりを浴びたかのように
あたりはその表象に穏やかに罹患していた
いつの間にかそれに誘い込まれるさま）
残酷なように思えたこと

挑発的な摂理)
そのことの呼び名、
ここから先
それを知ったものは
そこに行かねばならない、
うつりゆく蠢きの振幅は
だからすぐに収められることもなく
さらに慚愧なのだとわかる
合わせ鏡の広げる反照のように
どこまでも消えることはないということ
どこまでもながれつづける血脈とともに
すべての惨禍が終わるまで)
すべての惨禍が終わるまで)
もう一度
ときめきのそばに近づきつつあったときの

車窓から流れたあの景色は
どこかに転がっているだろうか
仮象と思われたつややかな意思は

5　島

島に行く
まるで

檻のように
そこを覗ける
灯台にのぼると
みえる
浮かぶ、いくつもの
うつろい
をとりとめる
波で削られた崖、
それは
風にしないだ
嫋やかな傷口
その集積で
島は真ん中で
真っ二つに割れている
そこは

海、という隠れ蓑
が囲む
からだのなか、深く
嘔吐せず
ただ蓄積される
好きな淋しさ
激しい臓腑みたいに
稜線が渦巻き
血が通い
刻限が蛇行する中で
静謐が
佇み
凪いでいるところ
きっと
水に沈むべき場所

人間は
橋を架けて
そこに立つことができる
そこから
手を振ることもできる
そこへ
遠くの街から
手を振り返すこともできる

6　水

はだけつつある脈絡
消失しつつある意識のなかで
ぼやけつつある対岸は踏み越え
夏の暑さにしまりこごえるように
何度も漏れ出て雨が来たりする
山が崩れたりして
あなたの気色ばむ肌はひるがえる
その途上、揺れるなかにある足音が
そのむすんでひらいていくような伸縮は
いつしか綴じた寄る辺なき寓話として
遠い彼方に置いておいたように、ある
記憶の水尾

鳥の鳴き声、水のそよぐ音がする
ここに
幾重もの円環
その地面、そのLine、すなわち清新なまなじりがたわむ
昔生きていた人たちの
なみがしぶきをあげる
大きなひびき、潮騒がわたしたちのほほを
速度を上げてぬらす

7　環

わたしはなぜわたしになるのか
等しく権利は我が元にあるように
その近景がくるんだ彼方を攪乱する
女が尻の下の足を思い出し
歩き出したが
深さ
が抹消されると
どこからかもあしは縁に立ち仰ぎ
射光は一方向の物語を失う
わたしという身体がかたどられるときの
あの深紅の箱庭がはじけ染まりまた結ばれる唇の踊ろき
それはずっと眼でとらえていただろう、

遠さへ
しかしただ手首をなじり胴をまたぎ尻がはたく
この幽霊のようなその境界線について
春が風の内部に愕いた半透明の荒さのような
不可視な距離にそれは引かれていると知ったのだろうか
少しも戻ることの許されぬ）けばけばしい
発生の
眩しい色彩を探しまわって
わたしはしばし
岸辺のない海
という言葉について考えてみたこともあったが
女が
つまりその輪郭線を
錯覚するその
循環のなかで振り払おうと

うずいていたその美々の、瞳は
古語のような裸形の波を送り届けられて
嫉妬させられている
あなただという貌が
破られたその平面から
いま、あふれでる
体液の主の人称
の声まで

インカレポエトリ叢書XXI

ひかりのような

二〇二三年七月二〇日　発行

著　者　柳川 碧斗
発行者　知念 明子
発行所　七 月 堂
〒一五四—〇〇二一　東京都世田谷区豪徳寺一—二—七
電　話　〇三—六八〇四—四七八八
FAX　〇三—六八〇四—四七八七
印刷　タイヨー美術印刷
製本　あいずみ製本所

ISBN978-4-87944-495-0　C0092